往還草

川上明日夫

思潮社

往還草

川上明日夫

思潮社

目次

雨卯木 9
うつし花 13
草泊 17
萩の肩 25
秋、旅するプール 31
蛍草 39
湖を「離」る 45

草の階　53
浮雲　59
空の風鈴　65
みせばや　69
春、たいらかな　75
空沖　81

装幀＝思潮社装幀室

往還草

雨卯木

ほそいうしろ姿で咲いているこの世のくらやみに急かされて　あの人はひとり空駅に還っていった　逝く人還る人がいまもにぎわっている　涼しい雲の生垣のむこうへこの世の淋しい改札をすませると　もう誰もが無口にそっと微笑んでは　わたしのお彼岸に佇んでいるのでしたこんなにも足もとのあかるい卯の花月と雨の匂いの　そう　お此岸から「春中お見舞い申し上げます」なんてしたためては年にいちどのごあいさつ　ひらひらひらひら彼岸の空で一生を過ごす人のはなし声など　そっと浮かべてはささめいてくる　月の障紙にうつる影が淋しいのは根をおろすそよぎが欲しいからでしょうかと　座りのいい風のはなしに腰をおろしては　しばらくはこの世の

光りをたがやし　それからこころ湿らせこの雲上のくら
やみをいまも　ひっそり　徘徊しているものがいました
庭の片隅の卯の花のほとり　ほらうしろ姿で閑かに咲い
ている
雨とも　呼んでみる人を　まだ　ひっそり　待っている

うつし花

心を　じっと澄ます　ツユクサを　聴いています　月草と呼
んで　みるところに　死人の眼が　ありました　生きること
とは　露のくさぐさ　眼をあげて　月の光りに　たゆたって
います　空に沿う　喩がありますね　澄んで美しく　濁らな
い　月草とは　そのように　偲んだ心にいたい　濁ることは
偲ぶこと　生きることである　とあの方がいう　染まらない
魂なんてと　しずかな　見るひとが　ツユクサに　聴いてい
ます　夢は　人の世を染める　付き草　熱いものも　いつか
は冷め　一瞬と永遠の　逢瀬では　儚さをと　小声で　そっ
と　呼んで　みました　はいと　還ってくる　呼霊《こだま》の　あれ
は　空の波紋　憑の草　あわれや　儚さの　かなたに　きょ
うは　月草が　小声で　咲いています　露草を　聴いていま

すと　掌に　月がのぼってきて　それから　掌の月草を　すこし浮かべて　草の小舟　さらさらと　手を洗い　あのお方のお小水です　はいっ　小声で　お迎えです　風にゆれる月草の　すこし　向こうに　雲の柩が　ゆっくり　流れて　ゆくようでした　空へ　ツユクサと　呼ぶ人を　もう　いちど呼んで　みたのです　くさぐさに　乱れてけさは　物こそ思う　月草の　付き草と　香りましょうぞ　風雅に　辱められて　ひっそり　頬を染め　もう　さっきから　煙の頂上でまっている人の　身の丈の寂しさに　夜露がおりましたよ　心をじっと澄ます　ツユクサを　聴いています　憑草と呼んで

草泊

草ぐさにおもうそうつぶやいてひらいたぺーじの秋のそらを
蜉蝣がひっそりとただよっていました　ゆきくれて雲を汲む
つぐない
あなたのはなしにきょうはそらがたかいからそんなふうな想
いをそっと「あとがき」にしのばせて中有へはなしてやりた
かったのです
詩集とはただようきしべですからとどこへもたどりつきもせ
ずついにはしらべの小舟でたってゆくほねのかなしみもよろ
こびのみずも
はるかに波のかりそめをきせてきょうはひらがなではなれて
ゆくのですきしべの呼霊《こだま》にはまあるいねむりをねむらせては
そらへ

いくえにもさざ波をとどけてはゆるしてやりましたながれというみずのときめきときめきのみずのいろとそしてそらをさいしょに
青くぬったひとのことなども　そっとかんがえているのです
白い雲のように　なにげなさにゆれているあなたのまなざしのむこう
ひたすらな草のゆれひたすらなゆれ風にさびしさをはだけてははるかに魂のいろをひとりおもっていますおもいとは染めてゆくつきくさ
目のまどべにみひらいてはさいているのですよいのちはひとつの宇宙くさでもありはなでもあるのですからとどこかできょうも

せせらいでいるひとがいますそよいでいるのでしょうねきっ
と栞のようにこころにまどいの風をはさんでは読んでいるそ
のみせしめ
ひとはみそらの桟橋からはなれてぺーじのみぎわへかるくひ
とりの罪をしたためるのでしょうか水鳥の翅音にまたよこが
おのみず澄まし
あふれてわたしはわたしの涙にすこし浮かんでいきていまし
たそうして目をとじるはてのなさみえないそらの手がひっそ
りおりてきて
いまひんやりとしたこの青の肩にあそんでいますあふれてい
るのでしょうねつぐないのみなもにいくえにも白い帆をあげ
たきのうの夢のすずしさ

風のひつぎをとじてゆれてほどけてはわたる空地《そらち》のしじまの
ああ目のうすさをしのんではたどるきしべのむこういまわの
草ぐさに
はんぶん死んだふりしてはんぶん生きたふりしてもうひっそ
り雨法師の花がさいているのでしたとどいたでしょうかみえ
ました　か
わたしはみえない水夫《かこ》こころのすいぶんをかるくはらしては
とうとうこんな身になってしまってとそっと目をあげだきし
めてくれたのに
もう　おやすみくらしの火屋に月のあかりをいれて　さっき
魂もひとりまどべでらんぷのようによるを読書していました

どくろの目に泪がたまる＊
かるい空の翅音をいつまでもわたしのみみにはきわすれては
拝啓　こんやこの世は　二泊三日　さざ波の遺言です　草々

＊鮎川信夫「どくろの目に」

萩の肩

草冠《くさかんむり》に秋なのです　萩を花にたとえるか　草にたとえるか　遙かな中有を
めくるめく命あるものの声の戦ぎ　それをそっと愛でるに変わりありません
草々におもうと　そう呟いて　ひらいたページの秋の空に　蜻蛉がひっそり
漂っていました　行き暮れて　花を汲むつぐない　うすい秋の草の目に溺れ
一期一会の想いを映して　みあげる空　雲の小途を　鳥の目でたしなめては
永遠と一瞬のひそかごと　幽かな萩の生死の　わかれ途が　みえていました

萩は　邂逅の花　想いの丈を栞に挿んで　そのゆれの徒然に　野の行くすえ
降りゆくものは　わが身なりけりと　みえない宙の手が　どこからともなく
おりてきて　何時までもたいらかな　ほそい秋の肩に　触れているのでした

あはざらむことをば知らず箒木のふせやと聞きて尋ねいくかな　　西行

ああ　押し花のひと　月にむら雲うつしては　髑髏の目に　泪がたまるをと
さっき　ひらひらと身罷った　翅のうすさに　風の冥利を　ひらり泊ま

らせ

もう　魂の水分の匂いなど　満ちているのでしたよ　いちめんの永遠《あたり》に

秋、旅するプール

空は　青が漏れた光のプールです　たくさん
のみえない死者たちがひっそり雲間を回遊し
ていて
たまに海月のような秋の雲が正体もなく浮か
んでいるその背に私が一人淋しい人生の水音
を音読しています
べつに　これということではありません　が
空の途中でちょっと潮にまよってそれから波
の上を楷書のように
そうべつにこれということの名もない鳥と一
緒に透明に平凡に他人目を盗んで巡っている
のです

飛んでいるのですよ筆でかく道しるべ空の句
点　有鳥天なんてみえない鳥を追いかけ雲と
一緒の空の読点
みあげればそうですが世界の果ての秋の盗人
草にふっと誘われ揺れて傾いて疲れたこころ
にと
全裸の旅の淋しさがすこし青ざめしろく凍え
てはそれをそっとそう風邪をひかないように
と
平凡に平凡にひたすら身すぎ世すぎの波を枕
にひっそり狭間に浮かべてはみせたのですよ

「旅とは異を立てる行為である」といったのは　哲学者の山田宗睦氏でしたがそれは単に異なった空間（土地）異なった歴史（時間）の中へ入っていくだけではない　そこに異なった自分を立てることにあるのだと

そうそよいでは風景を語るのです土のない話ではありません遠い日に風に揺れる一本の草の話です
生きていることはたしかにたしかにやわらかいことであると思いました手のひらで覚えましたよ

温かいものも徐々に冷えてやがてもとのすがたにそこから死が形という淋しい雲をしたがえて
しずかに空の底から浮かび上がってくるようでした　浮き草のきょうをはだけて夢の訳と似ていたな　きみ
花のように空と水をうつしてはつまびらかに一瞬の日の世界の時の手が　永遠の日の時の手をそっともとめ
ひっそりと　あの世の空の青に溺れていくようでした　草深い空のうしろ姿をあわせ鏡でみつめる人の

生前だったか死後だったか　すべらかに陽はおちて　まあるい暮らしの火屋に灯りを入れると夜
此岸だったか彼岸だったか　息せき切っては岸辺をはしり途方にくれては迷いながら発って逝く
水鳥の想いと南風のころ草を手に生命を草書のようにこの世の青いプールでそっと　洗ってやったのは
空をはだけて大根のようにまっ白な冬の陽の昨日でしたよ　魂がときおり浮き雲のように浮かんでいて

蛍草

みのたけの寂しさがそっと風にゆれている
露《あめ》
見る人をじっと澄ますむろんツユグサである
ツユグサと呼ぶところには死者の眼があって
人生に添う喩がある澄んで美しく濁らないで
月草はそのような想いを読んでは心にいたい
濁ることは生きることであるとあの方が言う

染まらない魂なんてあるのだろうか静かなと
見る人がツユグサに聴いているあわれや儚さ
彼方にきょうは月草が咲いていて露草が咲き
掌に月がのぼってくるすこし手まえ掌の月を
見る人がすこし掬ってあの方をゆれてそっと
頬を染め逢いにきたようなと風につげてゆれ

月の影のすこし上方を夜の雲とながれてゆく
乱れてけさは黒髪のと風雅に辱められてはと
まだひっそりと後朝を染めた人がそこにいて
見る人が風をはだけてあるツユグサなのです
どくろの目に涙がたまる　憑き草なのですよ
ここで染めてと二泊三日の遺言でしたからね

ひらひらと草葉の陰をとびかっているのです

湖を「離」る

空が死んだらね　通夜にはさ　きてくれよな　線香をあげに
黒の絽の　喪服なんかでね　あ　季節はまだ　夏だったっけ
そしらぬ目のそぶりで　そそっと　遺影のまえに　進みでて
は　それから　すっと　雲間にしぐれてさ　じっと　写真の
中の　花を濡らしては　ちょっとね　思わせぶりにね　そう
涙なんかためてさ　そうそう　そこに名も知らぬ　小さな湖
が映せれば　さらに上出来だよ　泣きはらした　夕陽の桟橋
から　一艘の小舟にのってさ　水夫《かこ》になって　漕ぎ出すから
さ　足音もなくやってきてよ　生きていることは　たしかに
柔らかいことだったけど　温かいものもね　やがて徐々に冷
えて硬くね　やっともとの姿にね　そう　そぼふる雨の意志
のように　冷たく浮かび上がってくるんだ　魂がね　ところ

で　君はなにものだっけ　目もなければ鼻もない　耳もなければ口もない　のっぺらぼうの　そう　白い雲の艀には　夏より秋がいいか　うしろすがたのしぐれてゆくか　なんて彼岸花など手にね　たまに躾けのいい　淋しさなど詠んで　吹かれてゆくからさ　その逢う瀬でね　襟をただしてさ　水鳥の鈴露と一緒　待っていてよ
空が死んだらね　白い霧の立ちこめる水面に　野の現し身など　そっと浮かべて　秋に話すよ　この世のかりそめと　一人の野分　つるべ落としの人生の　うすい胸の　さざなみのまん中辺り　どう　花を浮かべてさ　もう一度　人目を盗んでは　瀬せらいでみない　骨の悲しみも　歓びの水も　はるかにさ　波のきらめき　流れてゆくんだね　揺れてかたむい

て　疲れた心にって　詩人がいたね　いつまでも　忘れえぬ
響きさ　出ていったよ　さっき　調べの風をはだけてさ　波
枕にって　ああ　そろそろだな　そろそろと　枯れ葉いちま
い　夢の浮き草　燃えやすいこの世の宿世に　ひとすじ　焦
がれては　そっと　月の火照りを鎮め　煙は　未練の水分で
したね　香りはどこか　人間の向こう岸に　似ていたな　な
んて　ふっと辿る一人の汀　そこに在るようで　そこに無い
この世のほとりから　空を最初に　青く塗った人のことなど
わけもなく　こらえてさ　そっとうすい目の瞬きを　抱きし
めてやったね　ね　逢わない　逢おうか　もう一度さ　今夜
盗んだ人目に灯りを入れ　草葉の陰まで　おいでおいでとね
光の曖昧つれそって　そう　渡ってゆくから　こいよ　さみ

なしに　哀れをそよいでは　空の瀬を　渡ってゆく　風空木
たいらかな淋しさを　たなごころに　いつか　涙は　自分の
空のまん中で　雲を浮かべ　一人　泣いて　いたかったんだ
ああ　啾啾と　どくろの目に涙がたまる　人生は歩く影法師*
煙の頂上では　さっきから　月をくゆらせ　蠅のような女が
欠伸ひとつ　殺生しては　淋しいねと　うすい鼻先で　笑って
いる
空が死んだらね　通夜にはさ　きてくれよな　線香をあげに
読経は　ながいながい　さきの世のながめ　この世の遺言状
そう　かるくね　流れていくんだ　魂の転居届　出しました
か　あけやらぬ　この世の水のしわぶき　はずしては　もう
向こう岸から　金色の老いも　涙ぐんでは　そっと　手を振

っていましたね　写真の中の花の口上　濡れてましたか　お
迎えは　夕陽の向こう　昔　魂の近所で　一緒に暮したこと
のある人も　ひっそり　水辺に降りてきて　その度に　何処
か　とほい雨の湖では　この世の秋の　小さな波紋も　発っ
ていた　ああ人生がまだまだ　この世の常連だった頃でした

曼珠沙華に首なかりせば秋深き身に蕭蕭と降り注ぐ雨*　って

生者はいつだって　青々と　死者のさざなみ　だったんだよ
いまはただ　流離を巡りて　水住まし　閑もる秋の　よもす
がら　みはるかせば　生ひとひらの一瞬　死ひとひらの永遠
水夫《かこ》を　空を　あえかに染めて　今日すべらかに　わたしを

「離《か》」る音がきこえてくる

いまも　まだ　この屋敷の上空を　ひっそりと　巡っている

＊シェイクスピア『マクベス』から
＊福島泰樹『柘榴盃の歌』　から

草の階

よもすがら舞う　この世の　風の掌にせかされ
ひらひらと　ひらひらと
こんなひは　階《きざはし》もかるい
人の生は答えのない答案用紙みたいなものだが
死んではじめての声もある
白紙だが

書き物という　静かな墓所に　雨が降っている
もう　秋　濡れていると
いない人影が　そっと　傘をさしだしてくれた
死にはじめたな　と　思う
水夫《かこ》をつれて　ささいなものだが
舟たちも　ゆるやかに嘆いて　かたむいている

この世は　そそぐ寂しさだから　と
ひっそり　はだけてゆくものの辺で咲いている
煙管草《きせるぐさ》
昔　魂の近所でくらしたことのある　おひとが
そっと　見えない　羽のそしりを　うけ
いまも　屋敷の上空を　めぐっている

きょうは　耳の姿の濃い日だ
書き物という　静かな墓所に　雨が降っている
ああ
こんなよる　人間も草も鳥も　きっと　どこか
とほいところがあって　わたってゆくのですね

浮雲

見る人が雲を連れてきましたいまわたしの部屋に住んでます
ぽつんとわたしの思案に浮かんでは一緒にながれてゆきます
まいにち空の窓の開け閉めなどはるかな風の途など訊ねたり
水分は希望ですから草や花々人などを染めての還り旅ですと
そんな想いの虹の深度をつつましい音楽と光の微塵にゆれる
さびしい人科の明け暮れとその幽かのほそい罪をつのらせて

たまに青い空へ話してやるのですよきれいな忘却と往還との
一瞬の声永遠の声のさざめきを蛇のようにあつめてはきょう
黄泉と常世をたしなめいま彼岸にそっと分け入っていました
人の世をはだけて渡るくらしのよすがそこに在って無い人の
ふしぎの桟橋をひっそりと身の丈にあった寂しさでそよいで
ああ雲を飼うことはこんなにも哀しい涙をそっと手のひらに

見る人がみあげた空の風や匂いや雲のはるかは空の人魂です
ほら滞納した夢にやせこんやこの部屋を出てゆくのですから
はる　なつ　あき　ふゆ　めぐる地上をまんべんに寝化粧し
乱れてけさは黒髪のと風雅に辱しめられては月の影の上方を
手の水分でながれてゆくたなごころ夢の生死にうなされては
はんぶん生きたふりしてはんぶん死んだふりしてせせらいで

きょうどこかの夜の舌さきに雨法師の花が紅く咲いている
憑き草と小さな声の呼魂《こだま》と一緒　いるのです　まだそこに

空の風鈴

きょうは　空が　よく揺れる　目をあければ　生きていたときも
そうだったのか　ここからは　沢山の　空の小径が　よくみえる
萩　尾花　桔梗　刈萱　女郎花　葛花　朝顔花　などなど　皆皆
秋の最中でしたね　七草でしたよ　たむけたのは　生前だったか
死後だったか　窓辺には　誰かの忘れていった　ふるい影法師の
それを被って　いま　何かが　ひっそりでていった　風が吹いて

雨もくれ　そこにしずかに　座った　なごりのひとの　翳も心を
風鈴のようにと　くれぐれもねがった　ああ　魂よ　すべらかに
凜々とした寂しおりの　身寄りのない　花の敷布を　たいらかな
風にはだけては　愛染のよう　白い雲と　流れてゆく　鈴の日は
こんなにも　私を浮かべて　きょう　心の肌が　とても冷たい
私は草　花　鳥　空への化身　私自身への　空の最中でしたよ

みせばや

みせばやの古語の調べでは　一瞬をうすい紅でむすんでやった
ほそい　紐の秋にくくられては　なおほそい　水の穂先　ぼく
は　書きかけの風景を　そっと　線でからめてやった　草食の
雨の体温が　ひっそりと　涙ぐんでいる　しろい紙の草原では
儚げに　眼をあげ　それはまだそこに　揺れていたんだ　少し
夕陽を染めた　ぼくの幼年期のよう　いま　前世を走っている

いつまでも　お使いから還らない優しさに　見惚れてしまった
お祈りのような　道草であった　やがて心をきめると　仄暗い
地上と天上のはざまを　洋燈《らんぷ》をもった何かが　消え入るように
飛び去っていった　しばらくして夕陽魂《ゆうひこん》と　きみはつぶやいた
みあげれば　あえかに懐かしい　あき蜻蛉《あかね》が　ただよってゆく
空の木戸　ひらいては　雨のみぎわの　月の水位の　あの辺と

三十一文字《みそひともじ》の　雲隠れにし夜半の月かもを　浮かべては　去り
あぐんでいる　お人がいる　ああ　たむけるには　こんな日も
いい　いまはただ　流離をめぐりて　水住まし　とかぶいては
きょう　はだけては　こころの肌が　しんしんと　つめたい
みせばやの古語の調べでは　永遠とまほろの花翳に隠れたまま
そこにいない光のぼくがその紙でひっそり　鶴を折っていた

春、たいらかな

たいらかな雲が　ながれてゆきます
座布団のうえにさびしさが
ひっそり　座っています
雲は　空の棺です
ここから見ていると人生の野原も　もう春
あちこちで
かしましい魂が　そよいでいるようですよ
わたしはここにいて不在です
空には　魂がありませんから
きょうも　地上のいのちをはげしく　空に
吸いあげているようです
ほら　さっきから

私は四つ葉のクローバーを　探しているのですよ
幸福をつくすように　不幸を　つくしては
おおぜいの魂の中から
たったひとりの魂を　探すように　すこし難儀しています
と　そんな便りを昨日　もらいましたよ
つまびらかではありませんが
向こう岸では　元気にやっているようですね
でも　空が死んだら
通夜にはね　ぜひ　きてくださいね

お線香をあげに

つくづくと春のながめのさびしさの
偲ぶにつたふ軒の玉水　　　行慶

骨のかなしみも　歓びのみずも　はるかに
波のきらめき
ながれて行くんですね　あのほとり
生ひとひらの一瞬　死ひとひらの永遠　と
みんな花の姿勢でかなしい
きょうは
うららに　春も　凪いでいて

いい木の香りもしていましたよ
もう　済ませましたか
魂の転居届

拝啓　春霊の候　近くへおいでのさいには
　どうぞ　どうぞ
青い空の思惑が
人目を偲んで　しきりに懐かしい一日です

空沖

すこし草深い空の露に濡れながら　目にみえる物たちの隣りでは　もうひっそり　遠慮しながら飛んでいました　翅に朝のうつり香が濃い春の光の一服です　あけやらぬ人生の空の野原では　さっきから　わたしは四つ葉のクローバーを　探していました　どこかで水の声も聞こえてきます　山間の渓谷の　そのずっと向こう　人下の水瀬からでしょうか湧いてるのです　大勢の魂の中から　たった一人の魂をみつけるよう　湧いてくるのです　わたしは　とても難儀していました風が吹いて　雨がやんで　鳥の声や空の道　雲の川のあるそんな駅を超えて　ひたすら　羽根を映してわたる水溜りのいっときを　旅が　そっと　息を潜めてみ

つめていました　ほんとうは神様だって　もっともっと長生きしたかったでしょうに　そのとき静かにみえない空の手が降りてきて　あの方の優しい無作法を耳打ちしてくれたのでした　わたしの肩に手をおかれたままでした　いま空の道駅では　春がとても混んでいて　だからまだまだです　改札は順番はと　わざわざそんなふうなことをいいに　出向いてみえたのでしたここは　すこし草深い　人生の待合室です　幸福をつくすように　不幸をつくしては　またどこかで　葦切りが鳴いています　葦切りの眼の中で　わたしも泣いていましたよ　春の野辺でしょうか　水の匂いもせせらいでいて　雲をはいて　すこし脚元も明るい一日で

すきょうは世界は朝からすこし不機嫌　不安な涙と
つまびらかな夢　両方　奏でていても　でも　ハッピ
ィ　醒めない　とってもハッピィ　神様のとなりには
もう　四つ葉のクローバーを手にして　ひっそりあの
お方も　漂っておられましたよ　恥ずかしげにうつむ
いて　なんども答えられました　あしたには還ります

拝啓　春霊の候です　もう魂の転居届け済みましたか

川上明日夫（かわかみ・あすお）一九四〇年　中国（旧満州）延吉市生まれ

詩集

『哀が鮫のように』　一九六八年
『彼我考』　一九七八年
『月見草を染めて』　一九八五年
『駟』（共著）　一九九〇年
『白くさみしい一編の洋館』　一九九二年
『白い月のえまい淋しく』　一九九五年
『蜻蛉座』　一九九八年
『アンソロジー川上明日夫』　二〇〇一年
『夕陽魂』　二〇〇四年
『雨師』　二〇〇七年
現代詩文庫192『川上明日夫詩集』　二〇一一年

詩誌「木立ち」・「歴程」同人
日本文芸家協会・日本現代詩人会・日本詩人クラブ会員

現住所　〒九一八―八〇五五　福井県福井市若杉町二八号二八番地の五

往還草《おうかんそう》

著　者　川上明日夫《かわかみあすお》

発行者　小田久郎

発行所　株式会社思潮社

〒一六二―〇八四二　東京都新宿区市谷砂土原町三―十五

電話〇三（三二六七）八一五三（営業）・八一四一（編集）

ＦＡＸ〇三（三二六七）八一四二

印刷所　創栄図書印刷株式会社

製本所　小高製本工業株式会社

発行日　二〇一二年十月三十一日